KB027819

임병전 시집

천국의 계단

지구문학

국립중앙도서관 출판시도서목록(CIP)

천국의 계단 : 임병전 시집 / 지은이: 임병전. – 서울 : 지구문학,
2012
  p. ; cm

ISBN 978-89-89240-49-5 03810 : ₩8000

한국 현대시[韓國 現代詩]

811.7-KDC5
895.715-DDC21   CIP2012004884

서문

처음으로
큰 가마솥에 밥을 짓는다

아궁이에 불을 지피면서
설익은 밥이 되면 어쩌나
죽밥이 되면 어쩌지…
걱정이 앞서서
부지깽이로 아궁이를 헤쳐 본다

맛있는 밥과
구수한 누룽지도 나오길 기대해 보면서…

처음 지은 밥을
많은 사람들이 맛있게 먹고
행복하면 좋겠고

구수한 숭늉도 달라고
소리쳐 부르면 좋겠다.

2012년 풍성한 가을

임병전

차례

제1장 _ 하늘공원

제2장_ 가족

차례

제3장 _ 고향생각

제4장_ 봄의 향연

차례

제5장 _ 그리움

제6장_ 낭만

차례

제 7 장 _ 희망과 축제

제 1 장

하늘공원

하늘공원 · 1
– 난지도

노을이 잠들고
어둠이 내려와 별을 찾는 밤
달빛도 한가로이
산책하는 하늘공원

개망초 하얀 미소에
강바람이 속삭이고
강아지풀 살랑대는 언덕 위
억새 숲 벤치에 풀벌레들
한밤의 음악회를 연다

굽이치는 한강도
층층계 타고 올라와
졸고 있는 남산을 불러 깨우고
철새들도 날앉아
밤하늘의 별을 헤아린다

하늘공원 · 2

— 난지도

하늘을 향해
사닥다리 걸어놓고
오르고 또 오르면
한층 낮아지는 하늘

저만큼
내려다보이는 한강은
말없이 굽이쳐 흐르고
멀리 남산의 야경은
飛上하는 우주선처럼
찬란히 깜박거린다

노니는 철새들은
억새숲에 앉아
난지도의 恨을
달래 주는 듯 구슬프게 우짖는다

천국의 계단

월드컵공원 육교 건너
하늘나라 가는 길
천국의 290 계단

지그재그 오르는 길

강아지풀 살랑살랑
꼬리치며 반기고
개망초 하얀 꽃
미소 짓는 언덕

매미와 풀벌레들의
합창소리 들으며
천국으로 가는 길

*천국의 계단 : 하늘공원 오르는 290 계단

개망초

쑥부쟁이도 아니고
구절초도 아닌 것이

한여름
하얀 꽃 이쁘게 피우고
미소 짓는 개망초

너도 꽃이라 향기롭고
벌 나비 찾아드는구나

노을공원

경인년 벽두
백설이 소복이 쌓인 노을공원
새해 인사로 남긴 백호의 흔적

끝없이 펼쳐진 새하얀 노을공원
눈덤 위에 내려앉은 햇볕은
눈부시게 반짝이고
뛰노는 아이들 눈썰매가
신나게 미끄러진다

산까치들은
앙상한 나뭇가지 오르내리며
마냥 좋아서
콩 콩 콩 발도장 찍으며
사랑놀이한다

노을공원 한켠에
나신裸身으로 서있는 짝궁둥이 여신상이

오가는 이들의 발길을 멈추게 하고

멋진 포즈를 취한다

*2010 庚寅年 正初
*노을공원 : 난지도 매립지에 만든 공원, 하늘공원과 나란히
있음.

호숫가에 미로

잔잔한 호숫가
자유로이 자라난
수초들 푸르고
꽃을 피워
길손에게 향기 날린다

호숫가 잠자리의 쉼터
구불구불 미로 찾기
만들어 놓고
수초 사이사이 치어들
숨바꼭질하느라 몸을 감춘다

산책 나온 연인들도
사랑의 미로 찾기 하면서
난간에 걸터앉아
찰칵 찰칵 추억을 만든다

*미로 : 상암 월드컵공원 호숫가에 만들어 놓은 길

미루나무

호숫가에 키다리
양털구름 하늘에 흩어지면
커다란 빗자루로 쓸어 모아
호수에 담는다

살랑 살랑 바람이 불면
낯익은 숨결이 사랑을 속삭이고
가지에 매달린 잎이 춤을 춘다

낙엽이 우수수
추풍에 구르는 날까지
행복하게 춤추는 미루나무

5월의 정원

5월의 눈꽃 흩날리는
상암 월드컵공원
설화가 눈부시다
이팝나무가 팝콘을 뿌리듯
마술을 한다

잎도 피우지 못한 자귀나무
오돌 오돌 떨면서
콩주머니 딸랑거린다

아름다움에 반한
느티나무 잎새들
기립 박수를 친다

5월의 정원
꽃들의 향연이 향긋하여
호수의 어족들도 축제를 연다

방패연

하늘공원 아래
커다란 방패연 하나가
비상할 준비를 하고 있다

한국의 얼이 담겨 있고
적진의 창을 막아냈던 방패가
서울의 서쪽을 지키고 있다

세상에서 가장 큰 방패
세계에서 가장 무거운 방패
한국인이 아니면 띄울 수 없는 연

월드컵경기장에 수만 명이
함성을 지르면 비상하는 연
서울 월드컵경기장

억새축제

– 난지도 하늘공원

은빛 물결 파도 위에
노을이 젖어들고
새들도 집을 찾는
하늘공원

오색 등불
화려하게 밝혀 놓고
밤하늘의
달과 별도 초대해
축제를 연다

일렁이는 억새
춤추는 하얀 꽃
노래하는 철새도
손에 손잡고 하나가 된다

불야성을 이뤄
야경도 찬란한 밤
축제의 밤은 깊어간다

제 2 장

가족

아버지의 콧노래

서리 앉은 하얀 머리카락은
먹물 들여 감추고
성근 머리카락 정성들여
기름 발라 곱게 빗어 넘기고
셔츠 겨드랑이에 향수 한 방울 뿌리고
출타하시는 아버지

땅거미 내려와 그림자 흐려지면
귀가하시는 아버지
친구들과 마신 소주 몇 잔은
아버지 마음을 춤추게 하고
고단한 지난 세월 잠시라도 잊은 듯
발걸음은 가볍고, 입가에선
콧노래 흥얼거리신다

"갈매기 바다 위를 날지 마라…"

아버지!

민둥산 백발이어도 괜찮습니다
부디 황혼에 물들지 마시고
황소 같은 고집과 우렁찬 목소리로
자식들 호령하며 만수무강하시길 소망합니다

울 어매

울 어매
일어날 때 무릎에서
우두둑
앉을 때 입에서는
아이고
이놈의 물팍이야

시리고 아린 무릎관절 부여잡고
눈물로 지샌 밤이 몇 해던가

지난날 가난에 시달리며
억척스럽고 험난하게 살아온 흔적은
골병든 삭신이어라

문드러진 무릎 주무르며
까만 밤 하얗게 지새우니
울 어매 불쌍해서
어찌하면 좋을꼬

늦가을 나목 사이로
그믐달 보는 것 같아 가슴이 저며 온다

나의 어머니

이 세상에
황금 덩이가 제아무리
값지고 아름답다 하여도
나를 사랑하는
어머니의 마음과 비할 수 있으랴

나의 어머니는
우주와 같아서
나에게 혼을 담아주고
희망을 키워 주고
어두운 밤바다의 등대처럼
길을 밝혀 주셨다

나의 어머니는
우주에 단 하나 밖에 없는
태양과 같아서 뜨겁게 뜨겁게
나를 사랑하신다

아내

그대는
내 인생에
최고의 선물

단 하나의 보물

폭풍의 언덕에서도
파도치는 바다에서도
꿋꿋하게 살아온 그대

오늘도
혜은정사 법당에 꿇어앉아
가족의 건안과 평화를 위해
두 손 모은 그대

나 다시 태어나도
그대 찾아
삼라만상 샅샅이 훑으리라

아내가 만든 꽃밭

잡초가 무성한
황무지에
인내를 심고
땀으로 싹 틔우고
정성으로 일군 밭에
사랑의 꽃이 피었습니다

아내가 일군 밭에서
꽃이 피고
사랑의 열매가
아름답게 자라고 있습니다

아내가 일군 밭에
폭풍우가 몰아쳐도
공든 탑이 무너지지 않도록
튼튼한 울타리를 만들겠습니다

두 여인

탯줄로 맺은 인연
가난과 고난을
사랑으로 키워주시고
이제는 병약해 나를 슬프게 한 여인
당신은 나의 첫 번째 여인입니다

사랑으로 맺은 인연
우리의 아이를 낳아 기르고
어려운 환경에서도
나의 부모를 봉양하느라
심신이 고단한 여인
당신은 나의 두 번째 여인

존경하고 사랑하는
나의 두 여인
고맙습니다
사랑합니다

인생길

－ 아들에게

심신心身을 단정히
예禮를 다 하고
신뢰를 높이 쌓고
배려하고, 봉사하고
평생 적敵을 만들지 말고
부모님 은혜에 감사하라

인생사
산 넘고 물 건너
가시밭길 폭풍우 험난한데
과욕은 화禍를 부른다

노력은 끝이 없다
현재에 안주安住하지 말고
서두르지 말고 차근차근
도전하고 전진하라

이 모든 것이

자아를 위함이고
끝없는 인생길이다

흑진주

땅에서 솟았나
하늘에서 떨어졌나
네가 세상에 태어나던 날
온 가족은
너를 축복으로 맞았고
너는 행복을 안겨줘
날마다 웃음꽃 피었지

사랑하는 우리 흑진주!

파도치는 험난한 바다에
너를 내놓고…

노심초사
돌아오는 길목에
밤마다 횃불 밝히고
기다리는 어미의 마음을 헤아려
은혜에 감사하여라

누렁이 암소를 보면

늙은 감나무 그늘에 앉아
커다란 눈 껌뻑거리며
되새김질하는 누렁이 암소

논밭갈이 하느라
목 잔등에 못이 박혀
멍에 자국 선명한 누렁이 암소

들녘에 곡식들 영글기 전에
순산하고 귀여운 송아지랑
가을걷이하자던 숙부님…

숙부님의 생전 모습 그리워
머나 먼 고향 하늘 바라보니
눈물이 핑 돈다

작은 어머니

저 어릴 적
꽃처럼 예쁜 새색시로 시작한 인연
당신은 저의 작은 어머니가 되셨습니다

가난한 집 저의 삼촌께 시집와
달콤한 신혼도 즐겨보지 못하고
접방살이와 남의 전답 도지 경작으로
참 고생 많으셨지요

이후, 근면한 숙부님의 노력으로
살림살이는 많이 호전됐는데……
어느 날 갑자기 하늘이 무너졌지요
핏덩이 같은 아이 둘 가슴에 품고
홀로 키우고 가르치느라
수많은 직장 전전하면서
참 고생 많으셨지요

그 한 많은 역경 이겨내시고

자식 둘 성장시켜 혼인시키고
떳떳한 가정 지켜 오신 당신
훌륭하십니다
존경합니다

작은 어머니!
고생하신 수많은 세월이 지나
오늘 고희를 맞이하였습니다
진심으로 축하드립니다
앞으로 남은 여생도
건강하시고 평안하시길 기원합니다

         2011년 12월 장조카 임병전 올림

조약돌 사랑

꽃피는 청춘 꿈동산에서
거칠고 모난 돌멩이로 만나
부비며 구르기 시작한 인연

거칠고 험난한 세상
깊이도 끝도 모르고
굽이쳐 가야 하는 길

상처 입은 몸뚱이
쓰다듬고 어루만지며
닳고 닳아 조약돌이 된
우리의 사랑

둥글게 둥글게 다듬어지고
반짝반짝 윤기 나는 조약돌
알콩달콩 사랑하며
함께 흘러가자

제 3 장

고향생각

고향의 향수

병풍에 담긴 아담한 고을
봄이면 연분홍 진달래 향기롭고
동무들 모여서 삐비* 뽑고 놀던 뒷동산
뻐꾸기 한나절 노래하고
솔바람 꽃향기에 취한 산새들

집 앞 우물에서
물동이 이고 엉덩이 실룩거리며
물 길러 오시던 울 엄니 모습
동네 아낙들 우물가에 모여
빨래하며 수다 떨던 모습이
유명 화가의 「빨래터」보다 더 정겹다

마을 앞을 가로지른 비포장도로는
자동차가 지날 때마다
희뿌연 먼지 하늘 높이 오르고
가로수 미루나무도 바람에 춤추는 시골길

고모 따라 밭에 갔던 누렁이도
살랑살랑 꼬리를 흔들며 돌아오고
굴뚝마다 하얀 연기
밥 짓는 냄새가 휘돌고
방고래도 따뜻하게 달궈진다

붉은 노을 뒤로 슬그머니 착륙한
어둠의 점령군은 마을을 습격하고
집집마다 등잔불 하나 둘 켜지면
늙은 감나무 가지 사이로
초저녁 별들은 소근 소근
조각달 빛을 뿌린다

*삐비 : 뻴기(띠의 어린 싹)의 방언

고향을 그리며

초가집 굴뚝마다 하얀 연기가
흰 구름으로 변신하는 하늘
노을빛에 젖어든 뒷동산의 풍경도
길가에 키다리 미루나무도
모두 다 그려서 품안에 끌어안고
행복하게 미소 짓는 죽산방죽

나는 동무들과
방죽을 더듬으며 연뿌리도 캐고
가물치 널뛰기도 보고
가을엔 개연도 따며 자랐지…

지금쯤 고향에도
고추와 옥수수가 익어가고
감나무 그늘에서 매미가 노래하고
죽산방죽엔 연꽃이 활짝 웃고 있겠지

그리운 고향의 흙냄새

보고 싶은 동무들
내 마음은 오늘도
고향의 고샅에서
어린 날의 추억을 줍는다

*전북 고창군 아산면 성산리 죽산

동박새 사랑

선운사의
천왕문을 들어서면
대웅전 뒤편에 군락을 이룬
수많은 동백나무
핏빛으로 물들었네

새빨간 동백꽃에
매조媒鳥가 찾아 드네
동박새가 앉아 노네

붉은 꽃
유혹에 반한 동박새
향기에 취해서
꽃잎에 입 맞추네
꽃술에 애무하네

도솔재 넘어 날아온 매조는
동백꽃을 사랑하네
사랑에 빠졌네

시골집 마당

무더운 여름날 오후
툇마루에서 목침 베고 누워
낮잠 한 숨 자는 사이
소나기 한 줄기 뿌렸다

마당에 열기는 식지 않고
흰 구름은 높은 하늘에서
해님이랑 웃고 논다

커다란 감나무 허리에 걸터앉아
노래하는 매미가 부러운 오후

두엄자리에서
지렁이 잡아먹고 놀던 장닭
홰 치고 우는 소리가 너무도 우렁차서
헛간 앞 그늘에서 낮잠 자던 백구가
깜짝 놀라 짖어댄다

선운사에서 고향 친구들과

그림자 길게 늘어진 석양에
꽃구름은 도솔산에 걸터앉아
아름다움을 뽐내고

활짝 웃는 얼굴로 반겨주는 친구들
가슴이 터져라 안아보고
오랜만에 만난 얼굴은
추억을 뒤져가며 기억을 흔들어 깨운다

친구들이 준비한 고향의 산해진미
바다 내음 가득 품은 노랑조개회 맛은
잊을 수 없더라……

도솔암 가는 산책길을 걸으며
야생화 아름다운 산자락에
심어놓은 우리들의 이야기꽃은
가슴 깊은 곳간에 간직하고

이다음에 하얀 서리 머리에 이고
지렁이 같은 굵은 주름 세월 타고 넘을 적에
주막집에 앉아서 대폿잔 기울이며
추억의 치맛자락을 들춰 보세나

고향의 친구

뒷동산에 진달래 곱게 피고
무덤가엔 할미꽃도 방긋 웃겠지
울타리에 민들레와 애기똥풀도
노랗게 활짝 웃는 모습 눈에 밟혀
내 마음 벌써 고향길 따라 걷는다

고향의 친구야
학교 갔다 하굣길 둑방에서
물오른 삐비 뽑아 먹던 친구야
그 맛은 달콤하고 맛도 있지만
입에 많이 넣고 오래 씹을수록
쫄깃쫄깃 질겅질겅 껌 같았지

친구야!
너를 생각하면 고향이 그려지고
고향 생각하면 너의 미소가 떠오른다
머나먼 남쪽 하늘 아래 내 고향 고창

들꽃 향기

물안개 피어오르는 호숫가
돌 틈 사이 향기롭게 돋아난 들꽃

저마다 색깔 자랑 향기 자랑
불어오는 하늬바람에 향기도 좋아라

향기 좋아 찾아든 야생 벌 몇 마리
이 꽃 저 꽃 옮겨가며 꿀맛을 본다

너울너울 춤추던 호랑나비도
들꽃 향기에 취해 잠시 쉬어가네

풀벌레들의 낙원
들녘 풀숲 사이사이
얼굴 삐죽이 내미는
이름도 모르는 들꽃

향기를 한 바구니 만들어
내 사랑하는 그대에게 안겨 주려마

대나무 울타리

하늘 우러러
부끄럼 없이 곧게 뻗은
도도한 군자

향기품은 바람이
가슴을 휘저으면
잎새들은 노래하고
한바탕 춤을 춘다

참새와 벗하며 놀던 뱁새는
장닭 우는 소리에 깜짝 놀라
작은 눈 부릅뜨고
가랑이 찢어질 듯 줄행랑치다
늙은 죽엽 속에 대가리만 감추네

자존심 강한 군자도
가을날 밤 털고
감 따려면

키 크고 실한 놈은 간대* 만들어지고
빈약한 놈은 삼태기 만든다

*간대(簡待) : 대나무로 된 긴 장대

빗방울

맑은 하늘에
그 누가 차일遮日 쳤나
해는 보이지 않고
바람에 밀려온 먹구름 가족들
눈물만
뚝 뚝 뚝

텃밭에 심어 놓은
쟁반만한 토란잎에
수정 같은 은구슬이
툭 툭 툭

떼구르르 구르다
내 아들놈
바이킹타고 좋아하듯
까르르 웃음소리
떨어지는
빗방울…

초승달

서쪽 산허리
노을이 아름답다

오동나무 가지에 걸린
초승달이 정겨워라

흰 구름 사이로
숨바꼭질하는
별들

눈웃음치는 초승달에서
아련한 고향 소식
전해진다

제 4장

봄의 향연

봄은 희망을 꿈꾼다

창문 넘어 나뭇가지엔
새들이 봄을 노래하고
겨울잠에서 깨어난 나뭇가지
눈곱 비비며 봄볕을 반긴다

땅거죽 들추고
꿈틀거리는 새싹들
조심스레 햇살 머금고
겨울 커튼을 걷어낸다

만물이 소생하는 봄
꽃향기 피어나는 봄
희망이 샘솟는 봄
봄은 꿈과 희망을 키운다

봄

움츠리고 지내던
추운 겨울 지나면
어김없이 봄은 오고

땅에선 파릇한 싹이 돋아나고
나뭇가지엔 봉긋한 꽃망울
새들은 덩달아 신바람이 난다

은색 자색 실로
화려하게 수놓은 꽃 잔치
봄바람에 향기를 뿌리고

벌 나비
꽃을 찾아 너울너울
춤추는 봄

자연은
아름답게
계절을 바꾸는구나

춘설 春雪

봄 오는 어귀에
춘설이 분분하여
꽃보다 아름답다

산수유
개나리, 진달래
눈뜨는 아침

하얀 꽃 춘설

유채꽃

어느새 자랐을까
늘씬하게 자란 장다리에
복주머니 주렁주렁 달렸네

매서운 꽃샘추위 견디고
아지랑이 사랑받은 가지마다
황금물결 일렁인다

옛날 단맛 생각에
장다리를 꺾어 먹었으면
큰일 날 뻔했네

아름다운 유채꽃

목련꽃

숫색시 가슴은
꿈에 부풀고
목련꽃 가슴은
봄바람에 부푼다

새하얀 드레스는
새들의 세레나데 들으며
방긋방긋 피어나고
향기어린 봄소식
한 잎 두 잎…
가슴에 젖어든다

개나리꽃

겨우내 버무린 노란 물감
이제야 붓질을 하고
차가운 새벽달 따라 왔는가

담장 밑 앙상한 가지에
수줍게 핀 개나리꽃
아침 햇살 반긴다

지나가는 사람들에게
눈인사 건네는 노란 개나리

향기 어린 봄바람이
수줍은 듯 늘어진
그대의 이마를 스친다

홍제천의 방춘芳春

꽃비 흩날리는 봄날
흐드러진 개나리
노란 물결 춤사위에
덩달아 피어난 애기똥풀

안개처럼 하얀 냉이꽃은
봄바람에 흔들흔들 춤추고
군락을 이룬
원추리와 창포도
꽃 가슴을 키운다

굽이치는 홍제천
돌 틈 사이사이
진달래와 이름 모를 꽃들이
향기를 뿜어댄다

꽃잎 편지

앙상한 가지마다
꽃망울
봄바람이 간지러워
활짝 피었네

향기로운
봄꽃 축제
숫색시 엉덩이가
춤을 춘다

쏟아지는 꽃비 속에
새들은 노래하고
구름도 쉬어가는 춘화정春花停에
나들이 즐기던 벌 나비도
봄바람 타고 꽃잎 편지 나른다

도시의 봄

빌딩숲 길모퉁이
햇살이 안부를 묻는다

충전을 끝낸 사람들
워킹모드로 전환하고
아침을 달린다

꽃들의 아침 인사가
싱그러운 봄날

바쁜 사람들은
눈맞춤도 못하고
꽃들은 수줍게 미소짓는다

회색빛 도시에 꽃이 피어
네온사인 사이를 걷는데
방전된 사람들
간이충전소를 찾고

멈추지 않은 시계는
앞만 보고 세월을 굴린다

홍천사의 봄

새벽하늘 샛별 따라
조령산 오르던 개나리 진달래
홍천사에 노랑꽃 분홍꽃 보시하고
천복궁 비로자나불* 앞에 아침예불 올린다

향기 좋은 봄볕에 갓 지은 민들레를
점심 공양으로 잡수신 할매바우
깜빡 깜빡 조는 사이
목련은 화려하게 변신하고
과거 보러 한양 가던 바람이
천복궁 추녀를 흔들어 풍경을 깨운다

산새들 모여들어 축제의 노래 합창하고
동봉 큰스님*도 활짝 웃는 꽃으로
만 중생들에게 복전을 심어주고
산사의 향연은 조령산 삼관문을 넘는다

*비로자나불 : 16m의 거대한 석불부처님
*동봉 큰스님 : 홍천사 주지스님

봄의 향연

바람과 햇살의 사랑으로
꽃을 피워서 봄이 열렸다

향기로운 꽃의 아름다움과
솔바람이 선물한 맛있는 공기가
내 심장에 풍선을 불어 넣는다

부풀은 내 마음
애드벌룬 되어
고향의 청보리밭 찾아
두둥실 창공을 난다

제 5 장

그리움

옛사랑의 꿈

밤하늘
반짝이는 별을 헤다
그리운 마음은
어느 별의 선물일까

못 다한 옛사랑의 꿈
아련히 떠오른다

너의 향기
너의 미소는
메마른 내 가슴에
단비처럼 젖어든다

고독한 밤
그대의 선물 가슴에 안고
사랑의 꿈 행복의 날개
밤바람에 날려 보낸다

달빛 창가에

꽃피는 봄날
아지랑이처럼 피어나는
너의 모습
어디에 감출까

부드러운 달빛 미소
나에게로 다가올 때
내 가슴은 뛰었다

은하수 꽃피는 언덕 위에
유난히 빛나는 너를 찾아
달빛 창가에 걸어놓고
추억의 열차 타고
꿈나라에 간다

변치 않는 그리움

봄날 꽃을 보며
꽃잎에 새겨놓은 추억…

여름날 소낙비 우산 속에서
속삭이던 추억…

가을날 곱게 물든 단풍잎에
떨어진 추억…

하얀 눈이 내리는 날
나목에 쌓인
눈꽃처럼 영롱한 추억들…

그 무엇으로도 막을 수 없는 그리움 하나

오래된 세월 속에서도 변하지 않고
옛 모습 그대로여서 좋다

그리움 한 조각

비취색 하늘에
하얀 솜털 구름은
맑은 호수에 잠겨 웃고 논다

호숫가 풀숲에
바람이
더듬고 간 자리에
너는
꽃으로 피었구나

살며시
피어나는 그리움
꽃향기에 달래며
다시
가슴에 묻는다

그리움 한 조각

그리운 마음

내 가슴 깊은 곳
잠자는 추억의 정원을
그대는 왜
거닐고 있을까

그 옛날
내 마음 사로잡아
애간장 태우던 그대
지금은 어느 하늘 아래
어떻게 살고 있을까

바람 따라 유랑하는
뜬구름에 내 마음 싣고
산 넘고 강 건너에
꿈동산 만들어 놓고
그리운 마음 너에게로 간다

당신이 좋아서

당신이 좋아서
사랑했더니…

당신을 사랑한
내 마음이 더
행복하더라…

언제나 나를
안아주는 사람이
당신이었으면 좋겠어

사랑해
당신을 사랑해

행복한 찻잔

찻잔에서 피어오르는
향기를 코끝으로 느끼며
입안에 침이 고인다

궁금해서
살짝 입맞춤하고
첫 맛을 느껴본다

달콤한 향기
알싸한 맛으로
입가에 미소가 번진다

따뜻하게 몸을 덥히는
한 잔의 차 맛으로
하루 종일 행복하다

커피 같은 친구

입안 텁텁한 아침
모닝커피처럼
향긋하게 다가온 나의 친구

편안하고 인정스런 너의 모습
미소 가득한 너의 얼굴이 참으로 좋구나
언제 보아도 반갑게 맞아주는
너의 따뜻한 가슴

잊을 수 없는 너
나의 영원한 친구여
오늘 아침 너처럼 향기 진하고
따뜻한 커피 한잔 마시고 싶다

내 마음에 사랑 가득 담아
너에게로 간다
친구야……

커피 한 잔

그대와 나
마주앉아
커피 잔을 사이에 두고
모랑모랑 피어나는 향기를 마시고

따뜻하게 데워지는 손끝으로
커피 잔 속에 떠다니는 눈빛으로
우리의 우정이 두터워졌는데

쌉쌀한 커피 맛에 길들여진 만큼
우정도 차곡차곡 쌓였는데
어디에서 나처럼 늙어갈까

아무리 그리워해도
이제 와서 만날 수 없는 친구
속절없이 세월만 흘렀다

문득 떠오르는 그대 얼굴

오늘도 커피 한 잔에
아련한 그리움이 일렁인다

겨울밤

나뭇가지에 걸터앉은
잔설 사이로
새색시 얼굴 같은 둥근 달
활짝 미소 짓고
은하수 쏟아지는 밤

소근 소근
사랑을 속삭이듯
수많은 세월 동안
오매불망 그리워하다

밤하늘에
그대 얼굴 그려놓고
지난 추억 replay하며
그리움에 사무친다

제 6 장

낭만

격포의 낙조

파도는 요술쟁이
거대한 화석에
책을 쌓아 놓은 듯
조각 작품 남겨 놓았네

눈부신 태양은
서쪽하늘에 매직 쇼를 하고
출렁이는 파도와 갈매기는
너울거린다

구름 나그네
정처 없이 두둥실 떠가고
태양은 알몸으로 바이킹 타고
서쪽 나라로 유랑한다

갈매기야 춤추어라

갈매기야 춤추어라
먼~ 바다 외딴섬
등댓불 보일 때까지

서쪽 하늘은
꽃구름이 아름다워
그리운 옛사랑 풀어놓고

철썩이는 파도
노랫가락에
갈매기랑 춤추다가
술 취한 나그네
잠시
세상의 고단함을 잊었노라

만나면 좋은 친구

- 소주

너를 처음 본 순간
얼마나 두렵고 무서웠던가

그래서 너를 좋아하지 못했고
어쩔 수 없이 너와 마주쳐도
내 마음 주지 못하고
마지못해 입맞춤했었지

어느 날
삶에 지치고 힘들 때
문득 너를 찾았지

너는
내 마음 달래주었고
용기를 주었고
점점 정이 들었지

지금은

너를 만나면
입맞춤이 즐겁고
너의 향기를 좋아한다

우리는 기쁨도
슬픔도 같이하는
만나면 좋은 친구

주몽 酒夢

친구를 만나
반가움에 한 잔
향이 좋아 또 한 잔
기분 좋아
건배!
…………

또 한 잔 마시니
모든 것이 춤을 추고
온 세상이
빙 빙 빙 돌고 돈다

비몽사몽 잠을 설치고
새날을 맞으니
희미한 기억들이
세상을 흐려 놓는다

좋았던 그 무아지경에서

깨어나지 않았더라면
나보다 더
행복한 사람은 없었을 텐데…

외로운 나그네

정처 없이 흘러온 세월
뒤돌아보니 아득하네

산 넘고 물 건너
뜬구름 벗 삼아
머무는 곳마다
행복한 추억도 있었지만
가슴에 삭힌 한도 많았네…

추풍에 잎은 떨어지고
앙상한 나뭇가지에 걸터앉은
외로운 그믐달 벗 삼아
길모퉁이 포장마차에서
쓴 술 한잔 마시는
외로운 나그네…

잡초

산비탈에 듬성듬성
형형색색形形色色으로 자라난 풀
이름을 몰라 잡초雜草라네

봄
여름
가을, 겨울
끈질긴 생명력을 자랑하네

꽃피우고 향기 뿜어내면
벌 나비 찾아와 친구 되어 주고
산새들 노래 소리 정겨운
어우름이 좋아 행복한 잡초라네…

달과 별

밤하늘에
한 떨기 밝은 꽃이 빛나고
안개꽃 반짝 반짝 찬란하다

바람 부는 날에도
흰 구름 두둥실 웃는 날도
나뭇가지 사이로 보이는
빛이 더 아름다운
달과 별

지상에서만 볼 수 있는
아름다운 꽃

밤에 피는 야화

달과 별

월하미인 月下美人

밤하늘
별들의 축제
둥근 달은 중천에서
흰 구름 사이사이로
숨바꼭질하는데

달빛 아래 미소 띤 월하미인
아름다운 그 자태
내 사랑 순이 닮았어라

노을진 석양

수줍은 듯
구름 뒤에 숨어서
열정으로
사랑을 불태우니
구름도 행복해서
다홍빛 꽃으로 피었네

푸른 언덕 넘어
먼 하늘 노을빛이
저녁 한때 목장 풍경
아름답게 물들었네

곤충들의 합창

우주의 신비
자연의 멜로디
음표로도 표현할 수 없고
사람이 작곡하지 않은 멜로디

누가 이토록 아름다운 소리를
벌레의 울음이라 했는가
분명 사랑을 노래하고
행복을 표현하는 멜로디

깊은 밤
고요한 밤
풀벌레들의 합창은
지휘자가 누구일까

남산타워

별빛이 쏟아지는
서울의 밤하늘
남산 위에 우뚝 선
남산호 우주선

달나라에 가려나
별을 따러 가려나

발사대에 꼿꼿이 서서
찬란한 우주 쇼로
서울의 밤하늘을 수놓는다

느네미 계곡

앵자산 모롱이 느네미 계곡
가랑잎 우거진 비탈진 곳에
설익은 도토리를 찾아 나선 다람쥐들
산새들이 좋아하는 풀벌레들은
갈잎 뒤에 숨어서 숨바꼭질한다

산벚나무 그늘에선 매미 울음 드높고
숲속에서 들려오는 새들의 코러스는
바위에 부딪히는 계곡물 소리와
하모니를 이루는 느네미 계곡

앵자산 느네미 계곡
청량한 물소리에 사람들 흥분하고
선들바람 부는 앵자산 자락에
아름다운 야생화 향기로운데
벌들은 신나게 꿀향기 나른다

*느네미 계곡 : 경기 광주 퇴촌면 우산리 앵자산 자락

제 7 장

희망과 축제

잡초의 희망

숲에는
거목과 잡목이 어우러져
잡초들과 같이 성장해야
숲이 우거진단다

거목 몇 그루만 보살피고
잡목과 잡초를 무시하면
숲은 황폐해지고
나약해진 잡목과 잡초는
홍수를 막을 수 없다

하이에나가 거드름을 피우는 숲에서는
나약한 동물들은 기를 펴고 살 수 없다

상생하는 숲을 가꾸어 가며
새들이 마음껏 노래하는 아름다운 숲에서
꽃을 피우고 싶은 것이
잡초의 희망인 것을······   *잡초 : 서민들

호수에 어린 수채화

호숫가에
화려한 야생화가 축제를 연다
호랑나비 흰나비는
이 꽃 저 꽃 날앉아 입맞춤하고
늘어진 버들가지는
하늘하늘 나래를 편다

노을진 호수에 비치는
아름다운 구름꽃은
산봉우리 언저리에 일렁이고
산비둘기 구구구구
사랑을 속삭인다

어둠이 내려와
고요한 밤이 되면
풀벌레들의 합창소리 드높고
호수에 잠긴 밝은 달은
호수를 물들인다

해우소

화장실은
똥 싸고 오줌 누고
눈치 보지 않고 방귀도 뀌는 곳

화장실은 근심을 풀고
번뇌煩惱도 버리는 곳
소중한 장소여

이제는
남자도 좌변기에서
앉아서 오줌 싸는 곳
분사된 너의 오줌 누가 닦길 바라
한 번만 더 생각해 봐

공공 화장실은
당연히 금연 장소
더 이상 말 안 해도 알지
좁은 공간에서

너구리 잡으려구

마음이 통하는 세상
배려가 보듬어 주는 세상
습관처럼 아름다운 세상이
펼쳐지길 소망한다

별이 떨어지던 날

– 노무현 前 대통령

수많은 별 중에
단단한 원석原石으로 태어나
유난히 빛나던 별

어두운 골목길 가로등처럼
파도치는 밤바다의 등대처럼
스스로 제 몸 녹여 불 밝혔네

자신을 낮추고
역경을 이겨내고
분노를 잘 다스려
"삶과 죽음이 하나다"
"원망하지 마라"
········· 남기고

별이 떨어지던 날
하늘도 울고 산천도 울고
은하수처럼 쏟아져 나온

수많은 인파는

떨어지는 그 별을 애도哀悼하며

노란 손수건 흔들었네

웃음꽃

세상에서 가장 아름다운 꽃은
당신의 미소입니다

사계절
가리지 않고 피울 수 있는 꽃은
당신의 미소입니다

오늘도 당신의 웃음소리는
행복한 노래 되어
웃음꽃을 피웠습니다

"오렌지 속의 비타민처럼
웃음 속의 엔돌핀처럼…
행복해야 웃는 것이 아니고
웃어야 행복하다고 하지요"

우리
같이 있으면 행복하고

웃음꽃 피는
아름다운 세상이지요

배추의 일생

삼복더위가 기승부리던 날
조그만 난자에 인공수정 되어
싹을 틔우고 떡잎으로 탄생된다
부모의 애간장 태우며
금이야 옥이야 정성으로 키운 덕에
푸른 꿈 가슴이 터지도록 채웠다

애지중지 사랑 속에 성장해서
중매쟁이 소개로 맞선도 보지 않은 채
리무진 타고 예식장에 간다
먼저 미용실에서 커트를 하고
피부에 좋은 소금탕에 몸을 담그고
온몸을 청결하게 씻어낸다

알록달록 고운 화장하고
정성스레 옷매무새를 고쳐 입는다

그런데

꿈은 산산이 부서지고
차디찬 어두운 감옥에 감금된다
내 님은 언제 만날까
무섭고 춥고
피눈물이 배어나와 온몸을 적신다

가을

무더운 여름
우렁차게 울던 매미 소리가
들리지 않는다

높고 푸른 하늘엔
햇솜 같은 구름 한 점 떠간다

누릇누릇 익어가는 들녘
참새 떼가 먼저 와
허수아비를 맴돌며
시끌벅적 가을 익는 소리가 들린다

고요한 밤
적막을 깨는
풀벌레 울음소리
가을을 노래한다

가을이 익는다

뭉게구름 저편 산 너머
황금물결 출렁이는
넓은 들녘에
고추잠자리 무리지어
가을 한 입씩 물고 온다

따가운 햇볕에
누릇누릇 영글어 가는 곡식들
먹거리가 지천이라
새들의 콧노래가 유난히 경쾌하다

이유도 모르는 허수아비
덩달아 어깨가 들썩들썩
넓은 들녘은
그렇게 풍성하게
가을을 따라 익어간다

가을 이야기

청명한 가을 하늘 아래
나락모개 익어서 노란 황금들녘

논둑밭둑에 억새꽃 만발하여
갈바람에 휘말리는 아름다운 들녘

참새들 즐거워 짹짹거리고
벼메뚜기 높이뛰기 하는 들녘

참새 쫓으라고 세워놓은 허수아비도
덩달아 춤추는 들녘

가을걷이 서두르는 농부여
막걸리 한 잔에 목 좀 축이고 하소

풍성한 들녘을 바라만 보아도
배부르고 여유롭지 않소

풍년가 부르며 가을걷이 하고
눈앞에 펼쳐진 아름다운 가을에
흠뻑 취해 보소

가을 단풍

녹색의 세상을
시월이란 이름의 화가가 찾아와
한 달간 그린 그림이 드디어 완성됐다
공원 벤치에 낙엽 몇 개 떨구고
산에는 붉은 물감으로 붓질하고
가로수 성근 나뭇가지 사이로
하늘을 그려 넣는다

금수강산을 온통 울긋불긋 단장시키고
색동으로 붓질하여 아름답게 꾸며
온 세상 단 한 장뿐인 풍경화
가지마다 곱게 단장된 잎새들
비바람에도 지워지지 않는 색채들

화가는 작별을 고한다
시월의 마지막 날
노을이 불타는 석양에
아름다운 그림을 시기하는 찬바람에

나뭇가지 간신히 붙잡고
파르르 떠는 잎새들

오래도록 지우지 않고
눈앞에 두고두고 보고 싶은 그림
아름다운 가을 단풍
곱게 접어 추억으로 간직하련다

가을 축제

청명한 하늘에
눈부신 태양
갈바람에
춤추는 억새꽃이
축제를 연다

시월은 화가다

붓도 없이
물감도 없이
산천초목을 울긋불긋
아름답게 옷을 갈아입힌다

사람들은
이 가을 향기에 취하여
축제는 깊어만 간다

깊어가는 가을밤

어둠이 내리고
바람에 구르는 낙엽
쓸쓸히 깊어가는 가을밤

나뭇가지 사이로 비추는
쓸쓸한 달그림자

길모퉁이 포장마차에서
구수한 전어 굽는 냄새가
발길을 붙잡는다

소주 한 잔 같이 마실 수 있는
친구가 그리워진다
전화 한 번 해볼까

"어이 친구야 포장마차에서
소주 한 잔 할까?"

임병전 詩의 리리시즘 情調

―제1시집《천국의 계단》評說

石蘭史 이 수 화

(시인, 문학평론가, 문협/PEN부이사장 역임)

〈1〉

　임병전 시(임병전 시인의 시)는 아름다운 리리시즘 정조情操로 가득 차 있다. 그의 시에 텍스트마다 잘 갈무리되고 있는 정서의 미학적 접근성이 남다르기 때문이다. 그것은 참으로 미묘한 해조미諧調美를 형성하고 있다.

　가령,

　　월드컵공원 육교 건너
　　하늘나라 가는 길
　　천국의 290 계단

　　지그재그 오르는 길

강아지풀 살랑살랑
꼬리치며 반기고
개망초 하얀 꽃
미소 짓는 언덕

매미와 풀벌레들의
합창소리 들으며
천국으로 가는 길

- 〈천국의 계단〉 전문

　예시例詩는 두 말할 것도 없이 서정적 주체가 현실 공간
에 존재하는 '천국의 계단'(월드컵 경기장 소재 '하늘공
원' 오르는 290계단)에서 체험한 정조情調 높은 정신 활동
에 따라 일어나는 감정(sentiment)을 정조작법(釘彫作法,
도자기에 그림을 그려 넣는 기법)으로 기막히게도 우리
마음에 이미지로써 새겨주고 있는 것이다.
　이와 같이 임병전 시의 자연 사물과 인공人工이 위일융
합해 일궈내는 이른바 사고思考와 감정의 통합된 감수성
의 형상화 시는 리리시즘 시, 이미지즘 시, 피지칼 시로
갈라지면서 임병전 시에서는 리리시즘 시가 주류를 이룬
다. 예시例詩가 시집의 메타 텍스트의 위상과 리리시즘 시
로서의 정격의 위상을 과시할 수 있는 자질이 여기에 있
다 하겠다. 리리시즘 시인 임병전의 대표작으로서 시 〈천
국의 계단〉은 이 시대 독자들의 마음(정조)의 지향성에

대한 균형감각의 미덕을 깨닫게 하는 데에 충분히 공여하고 있을 터이다. 특히,

> 쑥부쟁이도 아니고
> 구절초도 아닌 것이
>
> 한여름
> 하얀 꽃 이쁘게 피우고
> 미소 짓는 개망초
>
> 너도 꽃이라 향기롭고
> 벌 나비 찾아드는구나

– 〈개망초〉 전문

예시의 관조적인 서정적 주체가 확보하는 오도悟道, 득도得道의 세계는 단숨에 삶을 달관하는 세계이다. 이 세상 온갖 오예(汚穢, 더러움)로 뒤범벅이 된 와중에서 이 시의 서정적 주체가 발견해 노래하고 있는 존재자(개망초)는 아름답다. 많은 사람이 서로를 향해 오오(嗷嗷, scolding, 원망하며 손가락질해댐)함에도 저 개망초와 같이 하잘것 없는 존재로부터 위안을 얻고 사는 보람을 확인할 수 있는, 또한 아름다운 언어만으로 노래할 수 있는 사람을 우리는 아름다운 미학 창출의 시인 묵객이라 상찬하는 것이다. 임병전 시의 이러한 리리시즘 미학은 그

러므로 그의 아름다운 삶의 태도가 되며, 그의 시가 꿋꿋이 이 세계를 개척해 나가는 포에지[詩精神], 달리 말해 시인에게는 인생관이 되는 것이다. 지금부터 임병전 리리시즘 시가 이 시집에서 전개하고 있는 시세계의 지평을 느긋한 마음으로 감상해 보는 계기를 갖고자 한다.

〈2〉

임병전 제1시집《천국의 계단》은 저자의 수의隨意에 따라 전체 일곱 개 장章으로 편성된다. 그 첫 장이 '하늘공원'에 메타 텍스트의 작품〈천국의 계단〉과〈개망초〉등 10편이 분재되고, 제2장 '가족'에〈아버지의 콧노래〉와〈울 어매〉등 11편, 제3장 '고향생각'에〈시골집 마당〉과〈대나무 울타리〉등 10편, 제4장 '봄의 향연'에〈봄〉과〈春雪〉등 11편, 제5장 '그리움'에〈옛사랑의 꿈〉과〈당신이 좋아서〉등 10편, 제6장 '낭만'에〈갈매기야 춤추어라〉와〈잡초〉등 12편, 제7장 '희망과 축제'에〈별이 떨어지던 날〉과〈배추의 일생〉등 12편, 총76편이 포진하고 있다. 우선 수량으로도 굉대성宏大性의 시집일 터이다. 앞서 지적한 임병전 리리시즘 시의 문학사적인 서정성의 자질은 차고 넘친다 해서 결코 과언이 아니겠거니와 그 기본 테제인 음악성, 회화성繪畵性이라는 조형미와 함께 서정시의 생명인 시대성時代性의 조소력彫塑力이 시집 전체 텍스트 마다 전폭적全幅的이라는 사실이다. 서정시다운 독해讀解가 용이하면서 그 미감美感의 원활함을 특징 삼을 수

있다는 뜻이다. 다음에 보는 〈느네미 계곡〉이 그 대표적
사례로 꼽을 수 있겠다.

　　앵자산 모롱이 느네미 계곡
　　가랑잎 우거진 비탈진 곳에
　　설익은 도토리를 찾아 나선 다람쥐들
　　산새들이 좋아하는 풀벌레들은
　　갈잎 뒤에 숨어서 숨바꼭질한다

　　산벚나무 그늘에선 매미 울음 드높고
　　숲속에서 들려오는 새들의 코러스는
　　바위에 부딪히는 계곡물 소리와
　　하모니를 이루는 느네미 계곡

　　앵자산 느네미 계곡
　　청량한 물소리에 사람들 흥분하고
　　선들바람 부는 앵자산 자락에
　　아름다운 야생화 향기로운데
　　벌들은 신나게 꿀향기 나른다

– 〈느네미 계곡〉 전문

　　예시에는 우선 리리시즘 시의 자질인 음악성이 그 가
곡풍의 해조(諧調, 하모니와 멜로디의 조화)를 기본으로 잘 조
성되면서 거기에 얹혀 드러나는 회화성(繪畵性, 앵자산과 느

124

네미 계곡의 산천초목山川草木과 날짐승의 어우러짐)은 일종의 심포니와 같은 미학을 창출하고 있는 것이다. 임병전 서정시인만의 정조적情操的 센시빌리티가 발양되는 경우일 터이다. 고투로 말하자면 자연을 인문정신에 담을 수 있는 문장가文章家다운 교양인의 솜씨라는 얘기이다. 이제 리리시즘 시인 임병전의 현란무바하달 밖에 없을 메소드상(方法上)의 진종(珍種, variety)들에 주목해 보기로 한다.

인용 헤드 넘버는 평설자의 식별용 번호다.

① 서리 앉은 하얀 머리카락은
먹물 들여 감추고
성근 머리카락 정성들여
기름 발라 곱게 빗어 넘기고
셔츠 겨드랑이에 향수 한 방울 뿌리고
출타하시는 아버지

땅거미 내려와 그림자 흐려지면
귀가하시는 아버지
친구들과 마신 소주 몇 잔은
아버지 마음을 춤추게 하고
고단한 지난 세월 잠시라도 잊은 듯
발걸음은 가볍고, 입가에선
콧노래 흥얼거리신다

"갈매기 바다 위를 날지 마라…"

아버지!
민둥산 백발이어도 괜찮습니다
부디 황혼에 물들지 마시고
황소 같은 고집과 우렁찬 목소리로
자식들 호령하며 만수무강하시길 소망합니다

– 〈아버지의 콧노래〉 전문

② 울 어매
일어날 때 무릎에서
우두둑
앉을 때 입에서는
아이고
이놈의 물팍이야

시리고 아린 무릎관절 부여잡고
눈물로 지샌 밤이 몇 해던가

지난날 가난에 시달리며
억척스럽고 험난하게 살아온 흔적은
골병든 삭신이어라

문드러진 무릎 주무르며
까만 밤 하얗게 지새우니
울 어매 불쌍해서
어찌하면 좋을꼬

늦가을 나목 사이로

그믐달 보는 것 같아 가슴이 저며 온다

- 〈울 어매〉 전문

③ 그대는/ 내 인생에/ 최고의 선물// 단 하나의 보물// 폭
풍의 언덕에서도/ 파도치는 바다에서도/ 꿋꿋하게 살아온
그대// 오늘도/ 혜은정사 법당에 꿇어앉아/ 가족의 건안과
평화를 위해/ 두 손 모은 그대// 나 다시 태어나도/ 그대 찾
아/ 삼라만상 샅샅이 훑으리라

- 〈아내〉 전문

　예시한 3개 작품 ①, ②, ③의 병치는 이들 모두가 임병
전 리리시즘 시의 인륜사상人倫思想과 그 대상에 따른 감정
이 통합된 감수성의 융합물임을 일목요연하게 보기 위해
이다. 일찍이 이 사상과 감정의 통합된 감수성의 시학을
주창한 엘리어트도 전통傳統과 역사의식歷史意識의 뼈에 사
무치는 인식과 성찰의 미학을 누누이 역설한 바 있다. 임
병전 리리시즘 시가 예시 군群에서 보이고 있는 엘리어트
식 메소드에는 부모와 아내를 객관적客觀的 상관물相關物로
구사한 그 인륜주의 자체가 텍스트마다 주제를 이루고
있다. 그러면서도 아버지, 어머니, 아내라는 인륜상의 독
자적 전통상의 존재의의는 뚜렷한 것이어서 그 공통 이
념과 인간 개개인의 특정 성격이나 품성을 잘 묘파해낸
시인의 심리주의는 여간 주밀한 바가 아닐 터이다. 암시

와 시사의 시적 방법론에 새 전기를 기했을 만한 기법이 아닌가 한다. 그렇다는 바, ①의 아버지 외모와 내면을 조금도 과장치 않고 강한 개성을 그리면서 보편타당한 아버지 상像을 창조해 놓고 있는 바와 같은 뛰어난 기법이겠다. 단 한 줄로 인서트한 대중가요의 삽입은 임병전 리리시즘의 매우 타당한 인정주의 발로이다. 그런가 하면 예시 ②의 어머니와 시인의 대사(독백)와 서사가 믹스되어 전개한 '어머니 헌신'을 연민해 하는 시인의 육친애야말로 우리 인간사 모자지간의 애틋함이 구구절절이 사무치는 경전이라 해야 마땅하리라. 이 정도 텍스트면 국제적 파르나스에 내놓아도 크게 상찬 받을 만하겠다. 예시 ③ 또한 에즈라 파운드(Ezra Pound)가 일찍이 갈파한 구어체시口語體詩의 정격을 보인다. 총 5개 연, 14행에 어느 한 글자도 불필요한 문자가 다 붙지 않은 간결무비의 구어체(특히 제4연) 산문적 표현(Render)은 일품인 것이다. 다음에 임병전 리리시즘 시의 구체어 가락이 완수된 걸작 한 편을 본다.

너를 처음 본 순간
얼마나 두렵고 무서웠던가

그래서 너를 좋아하지 못했고
어쩔 수 없이 너와 마주쳐도
내 마음 주지 못하고

마지못해 입맞춤했었지

어느 날
삶에 지치고 힘들 때
문득 너를 찾았지

너는
내 마음 달래주었고
용기를 주었고
점점 정이 들었지

지금은
너를 만나면
입맞춤이 즐겁고
너의 향기를 좋아한다

우리는 기쁨도
슬픔도 같이하는
만나면 좋은 친구
소주!

- 〈만나면 좋은 친구―소주〉 전문

　시 〈만나면 좋은 친구―소주〉전문이다. 이른바 에즈라
파운드(Ezra Pound, 1885~1972)가 말한 구어체口語體 시,
즉 산문과 시가 최상의 상태로 교합된, 그렇지만 어디까

지나 시詩인 것이다. 모파상의 최고의 산문散文같이 간결하고 스탕달의 글처럼 견실堅實해서 리듬에 의미가 실려야 하는 구어체 시를 우리의 임병전 시 〈만나면 좋은 친구－소주〉는 그 극치를 보여준다. 마치 여자를 표현(Render)하듯 자유자재로 시인의 체험에 녹여내듯 한 메타포어 수법이 또한 수월미를 거두는 결정적 역할을 수행해 내고 있는 것이다. 리리시즘 시가 도달할 수 있는 최상의 경지로써 임병전 시는 이제 이 첫 시집으로써 그의 시력詩歷의 한 터닝 포인트를 획득한 것이다. 그의 역작 한 편을 더 숙독하면서 거칠게나마 '임병전 시의 리리시즘 정조情操' 명제하의 시집 평설을 갈음하고자 한다.

심신心身을 단정히
예禮를 다 하고
신뢰를 높이 쌓고
배려하고, 봉사하고
평생 적敵을 만들지 말고
부모님 은혜에 감사하라

인생사
산 넘고 물 건너
가시밭길 폭풍우 험난한데
과욕은 화禍를 부른다

노력은 끝이 없다

현재에 안주安住하지 말고
서두르지 말고 차근차근
도전하고 전진하라

이 모든 것이
자아를 위함이고
끝없는 인생길이다

- 〈인생길—아들에게〉

  위 시 〈인생길—아들에게〉는 어느 유파, 어느 형식의 시이건 금과옥조金科玉條여야 할 내용과 표현의 일치가 성취되고 있다. 내용이 없는 겉치레의 리듬이나 비유比喻는 한 마디도 없다. 정확한 산문적散文的 요소(1~4연)와 함께 다분히 서정적抒情的인 요소(메타포어와 형용사들)가 혼용된 구어체 문장이 빚어내고 있는 임병전 시의 표현기법은 확고한 인식으로 표현하지 않고는 견딜 수 없는 자신의 감동에서 비롯되고 있는 형상술인 것이다. 현대인의 정신적 황폐상을 극명하게 연출해 내고 있는 작금의 성적性的 타락상, 모럴 해저드를 끊임없이 세포분열화 시키고 있는 지식인들의 병폐를 치유키 위해 나는 임병전 리리시즘 시의 끝없는 확산을 염원하는 바이다.

2012년 10월 개천절도 지나

서울 삼개나루 樹堂幹에서 石蘭史 씀

131

천국의 계단

지은이 / 임병전
펴낸이 / 김정희
펴낸곳 / **지구문학**

110-122, 서울시 종로구 종로2가 39 뉴파고다빌딩 215호
전화 / (02)764-9679
팩스 / (02)764-7082

등록 / 제1-A2301호(1998. 3. 19)

초판발행일 / 2012년 10월 30일
재판발행일 / 2013년 04월 01일

ⓒ 2012 임병전 Printed in KOREA

값 8,000원

E-mail/jigumunhak@hanmail.net

ISBN 978-89-89240-49-5 03810